INSTITUT DE FRANCE

ACADÉMIE DES BEAUX-ARTS

FUNÉRAILLES

DE

M. LE COMTE HENRI DELABORDE

SECRÉTAIRE PERPÉTUEL HONORAIRE

MEMBRE LIBRE DE L'ACADÉMIE

Le Samedi 20 Mai 1899

PARIS

TYPOGRAPHIE DE FIRMIN-DIDOT ET Cⁱᵉ

IMPRIMEURS DE L'INSTITUT DE FRANCE, RUE JACOB, 56

—

M DCCC XCIX

INSTITUT
1899. — 15.

INSTITUT DE FRANCE

ACADÉMIE DES BEAUX-ARTS

FUNÉRAILLES

DE

M. LE COMTE HENRI DELABORDE

SECRÉTAIRE PERPÉTUEL HONORAIRE

MEMBRE LIBRE DE L'ACADÉMIE

Le Samedi 20 Mai 1899

DISCOURS

DE

M. HENRY ROUJON

MEMBRE DE L'INSTITUT

DIRECTEUR DES BEAUX-ARTS (1)

MESSIEURS,

L'homme vénéré et aimé de tous à qui nous adressons l'adieu suprême mérita la reconnaissance publique à bien des titres. Le comte Henri Delaborde avait débuté par être peintre : comme artiste, il ne servit que le grand art, il se réclamait d'un haut idéal et ne se plaisait qu'aux nobles

---

(1) M. Henry Roujon, ayant été élu membre de l'Académie des Beaux-Arts le 3 juin 1899, son discours a été joint à ceux de ses confrères.

sujets. Lorsqu'il laissa le pinceau pour la plume, il traita
les questions d'esthétique avec autant d'enthousiasme que
de clairvoyance ; il analysa les génies qu'il aimait, expli-
pliqua ses admirations, rectifia les engouements de la
mode, vengea les gloires méconnues, n'obéissant jamais
qu'à l'esprit de justice et de vérité. Conservateur du cabinet des Estampes, vivant familièrement avec Marc-
Antoine, Dürer et Rembrandt, il se fit l'historien de la
gravure et son champion passionné. Enfin, pendant un
quart de siècle, il fut l'âme de l'illustre compagnie que sa
mort plonge dans le deuil.

On saura, mieux que je ne pourrais le faire, vous parler et de l'inoubliable secrétaire de l'Académie des Beaux-
Arts, et du savant artiste, et de l'écrivain éclairé. Le
représentant de l'État a aussi une autre mission : il vient,
au nom d'un Ministre qui déplore l'impossibilité où il se
trouve de remplir lui-même ce pieux devoir, rendre hommage à l'un des plus parfaits serviteurs du bien public qui
aient jamais vécu.

S'il est vrai, Messieurs, comme l'a dit un penseur d'une
grâce profonde, que « la vertu est un genre merveilleux
de littérature », considérons la vie qui vient de s'éteindre
comme un rare chef-d'œuvre. Le comte Delaborde a été
sans reproche. Quatre-vingt-huit ans, presque un siècle,
au service du devoir : voilà toute sa biographie en quelques mots. Nous devrions nous arrêter là. Le laconisme
dans la louange ne déplairait point à celui qui aima la
vérité sans phrases. Souffrez toutefois que j'essaye de
dire pourquoi cette mort, aussi sereine que la carrière
qu'elle a terminée, nous laisse sinon sans mélancolie, du

moins sans amertume, et pourquoi les larmes que nous devons verser gardent une infinie douceur.

C'est que le sage, celui qui sut se rendre digne du bon départ, de l'*euthanasie* qu'exaltait la morale antique, celui qui a triomphé du mal, triomphe aussi de la mort même. S'en aller comme le comte Delaborde, s'endormir paisible. ment au soir de la longue et dure journée, ne livrer au néant que la dépouille d'une âme, ne disparaître que pour mieux demeurer, — ah! Messieurs, ce n'est pas là mourir. N'est-il pas plus vivant que jamais parmi vous, celui dont la sagacité souriante éclairait vos entretiens et que vous suiviez partout comme un guide? L'implacable loi de la nature l'arrache des bras d'une compagne stoïque et d'un fils tendrement aimé. Ses proches, ses intimes, éveillés, hélas! de la chère illusion que leur donnait cette robuste vieillesse, semblable à la durée d'un chêne, sont livrés tout entiers encore à l'horreur des derniers moments. On ne console pas une épouse, on ne console pas un fils. Mais au désordre douloureux de l'agonie succède la majesté calme d'un délicieux souvenir, et déjà les sanglots vont se perdre dans un murmure unanime de gratitude, de respect et d'admiration.

Comment fit le comte Delaborde pour rester le plus digne et le plus indépendant des hommes en servant l'État comme l'État souhaiterait toujours d'être servi? Son secret fut dans sa conscience. Il ne connut qu'un maître, maître sévère et exigeant, et ce maître ce fut lui-même. Aussi incapable de solliciter une charge que de s'y dérober, il n'eut de rapports avec le gouvernement de son pays que pour l'aider infatigablement à servir l'intérêt de tous. On

lui confia un jour la garde de nos trésors artistiques ; il y
fonda une tradition de conscience et d'érudition. La réunion des musées nationaux vint à s'organiser ; notre glo-
rieux Louvre put vivre enfin de sa vie propre, assisté de
la haute tutelle d'un conseil libéral et éclairé. Il fallait
une tête à ce corps nouveau : le comte Delaborde fut dési-
gné d'acclamation. Depuis quatre années, il présidait aux
plus délicates délibérations avec l'autorité d'un arbitre et
l'affabilité d'un maître de maison, aussi bienveillant que
résolu, jamais impatient, jamais lassé, exact comme un
grand seigneur, le premier arrivé, le dernier parti. Le
ministre des Beaux-Arts n'eût pas constitué un Comité
sans s'adresser à son dévouement. Dans notre zèle à lui
faire honneur, et aussi, avouons-le, dans notre besoin
égoïste de nous éclairer de ses conseils, nous sommes allés
parfois jusqu'à l'indiscrétion. On eût dit qu'il nous défiait
d'abuser de lui. Nos dossiers sont pleins de ses rapports,
véritables monuments de raison, tracés de cette minutieuse
et nette écriture qui trahissait la probité de son caractère
et la rectitude de son esprit. Nous relirons bien souvent
ces simples pages ; nous y trouverons toujours un avis
précieux, une sauvegarde contre les résolutions précipi-
tées, la haine du bas favoritisme, en un mot la méthode
du vrai et la doctrine du bien. Pour tous ceux à qui in-
comba successivement la lourde charge d'administrer les
intérêts artistiques du pays, le comte Delaborde fut un
éducateur. Partout où il passait, il faisait école sans jamais
dicter de leçons. Laissez, Messieurs, celui qui vous parle
revendiquer comme un titre d'honneur le droit de se dire
son dernier élève.

Et dans cet homme d'une sagesse si haute, que de grâce
et de bonhomie! Ce fut le type accompli du Français de
France, aimable, loyal et discret. Il portait avec une
modestie superbe un nom anobli dans l'épopée, et il parais-
sait se douter à peine qu'il l'embellissait d'un lustre nouveau. L'habitude du devoir ne lui donnait aucune raideur;
il était sans morgue comme sans banalité. Il avait la reli-
gion de la courtoisie : sa politesse datait d'autrefois; son
incapacité de parler contre sa pensée n'avait d'égale que
son exquise indulgence pour la sincérité des autres. Il ne
capitulait jamais, en ayant l'air de concéder toujours. Nous
imaginons volontiers ainsi les magistrats des anciens par-
lements qui faisaient à la monarchie d'affectueuses remon-
trances, ces diplomates du passé qui portaient légèrement
de lourds secrets, quelques-uns des messieurs de Port-
Royal, — de ceux-là du moins qui savaient sourire, — tous
les aïeux respectés en qui s'incarnèrent l'élégance et la
dignité de la patrie.

Messieurs, un maître, que le comte Delaborde chérissait
particulièrement, nous a donné de lui une médaille qui
assure l'immortalité de son image. Il faut encore que cette
douce et austère figure de vieux consulaire revive dans le
bronze ou dans le marbre. Il y a là de quoi tenter les plus
grands de nos grands statuaires. Donnons, Messieurs,
donnons au génie inspiré le soin de sculpter la vertu parfaite. C'est plutôt au bronze, il me semble, qu'il siérait de
confier la garde de ce pur souvenir. L'airain défie le temps
et l'oubli; il est impérissable.

Il ne l'est pas plus que l'Exemple.

DISCOURS

DE

M. JULES LEFEBVRE

PRÉSIDENT DE L'ACADÉMIE

MESSIEURS,

L'Académie des Beaux-Arts éprouve, en la personne de M. le comte Henri Delaborde, la perte la plus vivement ressentie qui ait pu l'atteindre depuis longtemps. Toutes les fois que l'un de nos confrères nous quitte, chacun de nous perd un ami personnel, grâce à la cordialité constante de nos rapports. Nous avons vu partir aussi des maîtres qui étaient la gloire de notre compagnie. Avec notre vénéré secrétaire perpétuel honoraire, nous ne perdons pas seulement un ami d'une rare sûreté dans ses affections, un peintre d'un talent élevé, un écrivain de grande valeur et un orateur éloquent. Bien que le propre d'une Académie soit de durer toujours en se renouvelant, il nous semble cette fois que la nôtre est frappée en elle-même.

2

En effet, le comte Delaborde incarnait l'esprit et la
tradition de notre compagnie. Du jour où il était monté au
bureau, le meilleur de l'esprit académique s'y était installé
avec lui. Il avait la netteté de jugement, la fermeté de
caractère, la régularité dans le travail, la courtoisie de
manières qui sont indispensables à un secrétaire perpétuel,
mais il avait ces qualités à un tel degré qu'il en réalisait
l'idéal.

Le jour où son grand âge lui fit prendre la résolution de
se démettre, malgré l'intégrité de ses facultés, il nous
sembla que nous étions privés d'un guide indispensable.
Il avait lui-même préparé son successeur et il ne pouvait
remettre en de meilleures mains les intérêts de l'Académie,
mais celui qu'il avait souhaité était le premier à déclarer
bien haut que le comte Delaborde est un de ces hommes
qu'on ne remplace pas.

Notre vénéré confrère appartenait à l'Académie depuis
1868, comme membre libre. Du jour où il y fut entré, il
prit une grande influence par la sûreté de son jugement et
la cordiale franchise de ses rapports. Élevé aux fonctions
de secrétaire perpétuel en 1874, il les remplit dès le
premier jour avec tant d'autorité qu'il devint bientôt le
guide toujours écouté de nos délibérations, cela sans peser
en rien sur la liberté des opinions et des doctrines. Cette
autorité alla croissant avec les années et l'Académie
finissait par s'incarner en la personne de son secrétaire
perpétuel. Pendant vingt-cinq ans, il a rempli sans un jour
de défaillance cette tâche des plus laborieuses. Tous ses
confrères étaient pour lui des amis, les nouveaux comme
les anciens.

Il s'achemina ainsi vers la vieillesse, entouré de respect et de reconnaissance ; il atteignait aux dernières limites où le labeur humain puisse arriver. Notre surprise fut aussi grande que nos regrets lorsqu'il nous annonça l'intention de prendre enfin un peu de repos. Nous n'avons pas cru nous acquitter envers lui en lui offrant à l'unanimité le titre de secrétaire perpétuel honoraire et le fauteuil de membre libre qui restait vacant par la nomination de son successeur.

Au bout de peu de mois, la maladie le frappait, comme si le travail eût été pour lui une sauvegarde. Du moins ses derniers jours ont été adoucis par la foi chrétienne, par l'affection et les soins de son épouse incomparable, de son digne fils, de tous les siens. Aujourd'hui, nous demandons à cette famille si cruellement éprouvée de nous regarder comme le prolongement d'elle-même et de nous permettre de partager le deuil de son cœur.

DISCOURS

DE

M. GUSTAVE LARROUMET

SECRÉTAIRE PERPÉTUEL DE L'ACADÉMIE

MESSIEURS,

Dans cette heure toujours trop longue pour les douleurs qu'elle avive, je ne saurais rendre à mon vénéré prédécesseur, M. le comte Henri Delaborde, d'une manière digne de lui, le triple hommage que je lui dois. C'est en séance publique de l'Académie qu'il me sera permis de dire, avec le détail nécessaire, les services qu'il lui a rendus pendant un quart de siècle, ses mérites propres d'artiste et d'écrivain, ma reconnaissance personnelle envers lui. Tout au moins dois-je indiquer, après notre président, outre les sentiments que nous avons tous pour notre secrétaire perpétuel honoraire, le grand exemple qu'il laisse non seulement à notre compagnie, mais, je ne crains pas de le dire, à son temps.

Avant tout, le comte Delaborde fut un caractère. D'une

vie morale très pure et très noble, toute aisée, du reste,
et comme naturelle, sa carrière en reçut une marque
rare d'unité et de beauté. Il fut un homme de devoir,
toujours préoccupé de ce qu'il fallait faire, pour réaliser
le bien, en lui et autour de lui. Il le fut avec une simplicité parfaite, sévère à lui-même et indulgent à autrui. Il
recherchait d'abord sa propre estime, et son premier souci
était de réaliser son idéal : il voulait développer toutes
ses facultés dans le même sens, celui du perfectionnement
intérieur et de la stricte discipline dans la conduite de sa
vie extérieure.

Il suivit cette voie sans un moment d'incertitude ou
d'erreur. Parvenu, en travaillant toujours, aux extrêmes
limites de la longévité humaine, il a pu examiner toute la
suite de sa longue vie sans y trouver un détail qui ne fût
pas digne de sa propre approbation. Chrétien fervent et
libre esprit, il est resté fidèle à la vieille foi et il n'a cessé
de maintenir son intelligence ouverte. Messieurs, je le dé-
clare avec la sincérité que mérite un tel homme et qu'il
impose autour de lui, après la mort comme de son
vivant, avec la conviction que je traduis votre sentiment
à tous : le comte Delaborde fut un homme rare par l'idée
qu'il se faisait du devoir et la manière dont il le pratiquait ;
il donnait un exemple supérieur de droiture, de courage
et de simplicité. Ceux qu'il aimait et estimait doivent tenir
à haut prix son affection et son estime.

Or, mes chers confrères, après sa famille et ses proches,
avec eux, devrais-je dire, il n'a rien aimé sur cette terre
plus que notre Académie des Beaux-Arts. Après avoir
mérité d'être admis au milieu d'eux par l'élite des artistes

ses contemporains, il leur a consacré tout le talent et toute l'activité qu'il avait d'abord portés sur l'art et la littérature. Appelé aux fonctions de secrétaire perpétuel et devenu le gardien de votre tradition, il a revêtu cette charge d'un tel prestige et lui a imposé une responsabilité si haute que le seul moyen pour son successeur de n'être pas écrasé par un tel héritage, c'est d'avoir les yeux fixés sur les exemples qu'il laisse, de les suivre scrupuleusement et d'apprécier son propre rôle sur la fidélité de cette observance. Je me redis constamment à son sujet le précepte du vieux poète latin :

Tu longe sequere et vestigia semper adora,
« Suis-le de loin et vénère toujours sa trace. »

Ce dévouement à notre compagnie, Messieurs, se doublait d'affection ; affection pour tous et pour chacun, pour le corps tout entier et pour chacun de ses membres, affection clairvoyante et graduée, jamais banale, qui savait conseiller et avertir. La distinction aisée de ses manières, la simple et grande politesse qui les relevait, la netteté d'un jugement sévère pour les petitesses et indulgent pour les faiblesses vénielles, — je dirais volontiers d'autant plus tolérant pour autrui qu'il était plus sévère pour lui-même, — révélait bien vite, dans ce caractère ferme et droit, la plus exquise faculté d'aimer.

Artiste, il avait placé son but très haut et il l'a poursuivi avec une conscience, une fermeté et une noblesse à l'image de son âme. Il avait le sens de l'histoire comme Paul Delaroche et le scrupule de l'exécution à l'exemple de M. Ingres. Cette admiration et cette amitié lui servaient de règle pour étudier et observer, choisir et rendre. Il marchait avec une ferme confiance dans la voie que ces maîtres ont ouverte ; il continuait cette alliance de l'esprit français avec l'esprit antique, auquel notre race doit, quoi qu'on puisse dire, d'être une des trois grandes patries de l'art.

Il s'était fait une place des plus honorables à la suite de ces maîtres, lorsqu'il finit par céder à l'attrait de plus en plus vif que lui inspiraient la critique, l'esthétique et l'histoire. Malgré la valeur durable de ses écrits toujours utiles, malgré ses belles notices sur les grands peintres et sa magistrale histoire de la gravure, il serait permis de regretter, pour notre production artistique, qu'il ait sacrifié le pinceau à la plume, s'il n'avait dû à son talent d'écrivain l'honneur d'être appelé aux fonctions de secrétaire perpétuel. L'Académie des Beaux-Arts lui devait de la sorte, dans ses discussions privées et ses jugements publics, un guide d'une compétence si rare, qu'elle ne s'est rencontrée qu'une seule fois avant lui depuis la fondation de l'Institut, lorsque ces fonctions étaient remplies par Halévy. Les artistes qui consentent à abandonner la création pour la critique sont si rares, et si utiles lorsqu'ils excellent dans celle-ci, qu'il faut savoir beaucoup de gré à ceux qui consentent à ce sacrifice.

Avec un tel secrétaire perpétuel, l'Académie a pu se renouveler plusieurs fois, assister aux luttes de doctrine les plus ardentes, s'ouvrir à de nouvelles conceptions de l'art, sans cesser d'être elle-même et de répondre à son but. Elle a été traditionnelle et jeune, conservatrice et libérale, prudente et hardie. Car c'étaient les qualités du

comte Delaborde lui-même, et il les communiquait autour
de lui. Je ne sache pas d'esprit qui soit resté plus ferme,
plus souple et plus ouvert. Jusqu'au bout, il s'est inquiété
de tout ce qui lui semblait utile et pratique ; il n'a jamais
eu peur de la nouveauté en elle-même ; il s'est toujours
piqué de progresser.

N'est-ce point là, Messieurs, l'idéal de ses fonctions ?
Aussi quels regrets lorsque, devant sa résolution défini-
tive, mûrement réfléchie, tranquillement préparée, simple-
ment annoncée, il fallut vous résigner à lui choisir un
successeur ! Nous avons gardé l'impression profonde de
cet acte solennel et simple ; nous ne l'oublierons jamais.
Alors que tant d'autres s'attachent à ce qui les quitte, il
déposait doucement le fardeau qui commençait à lui peser.
Il renonçait spontanément à ce qui avait été le but et
l'emploi, l'affection et l'honneur de sa vie. Il préparait le
repos de ses derniers jours avec une sérénité que j'appel-
lerais stoïque, si je ne préférais dire chrétienne.

En effet, resté toujours fidèle à sa foi et stricte obser-
vateur de ses préceptes, parvenu à l'âge où chaque année
nouvelle est un répit dont le renouvellement est incertain,
il voulait se préparer comme une halte de recueillement
avant d'atteindre le terme du voyage et d'aller rendre
compte là-haut de ce qu'il avait si bien fait ici-bas.

Cette halte a été courte. Bientôt la maladie venait
l'avertir que le moment suprême approchait. Épreuve
finale qui, pendant cinq mois de souffrances, lui a permis
de donner un nouvel exemple de résignation, de patience
et de courage.

Aussi, Messieurs, devant la tombe où cette belle vie

s'arrête, n'aurions-nous qu'à admirer si elle n'emportait avec elle des exemples bien rares et d'un haut prix ; si elle ne nous laissait à tous le regret de tout ce qu'elle nous a donné d'amitié et de dévoucment ; surtout si elle ne causait la plus inconsolable douleur à l'épouse et au fils qui ont partagé et continueront ses vertus, à la famille dont il était la joie et l'honneur. Ils savent que je n'exagère rien, ni du côté de mon vénéré maître, ni du mien, en apportant à leurs regrets le tribut d'une sympathie et d'une reconnaissance qu'ils me permettront d'appeler filiales.

DISCOURS

DE

M. EUGÈNE GUILLAUME

MEMBRE DE L'INSTITUT

DIRECTEUR DE L'ACADÉMIE DE FRANCE A ROME

MESSIEURS,

Au milieu des regrets et des éloges si mérités qui donnent aux funérailles de M. le comte Delaborde le caractère d'un hommage public, l'Académie de France à Rome a le devoir de faire entendre sa voix. Elle a besoin d'honorer par un témoignage particulier de son respect, non seulement l'artiste et l'écrivain, mais surtout le Secrétaire perpétuel, qui fut pendant si longtemps, près des pensionnaires de la Villa Médicis, l'interprète paternel de l'Académie des Beaux-Arts. Avec quelle attention n'a-t-il pas, jusqu'à ses derniers jours, étendu sa sollicitude sur l'institution du prix de Rome qu'il considérait justement comme une des forces de l'art français! Avec quelle clairvoyance ne veillait-il pas sur le maintien de ses traditions

et sur ses destinées! Les témoins de sa vie le savaient; et
nous, là-bas, nous en avions le sentiment et nous en étions
pénétrés.

Mieux que personne, M. Delaborde connaissait notre
histoire. Il l'avait écrite en partie dans son livre sur l'*Académie des Beaux-Arts* depuis 1795. Il l'avait étudiée à toutes
ses sources et la possédait jusque dans ses légendes. Mais
ce qu'il faut rappeler ici, c'est son attitude vis-à-vis des
jeunes gens et l'influence qu'il exerçait sur eux. C'était
de sa bouche, que les aspirants aux grands prix apprenaient les conditions des concours auxquels ils allaient
prendre part, conditions impliquant des devoirs de sincérité, d'exactitude et de renoncement. C'était de lui que,
plus tard, à la veille de partir pour l'Italie, les lauréats
recevaient l'affectueux adieu, entendaient les souhaits de
bon augure et les conseils qu'il convient d'adresser à ceux
qui vont, dans une situation privilégiée, se préparer à
honorer leur pays. Enfin, c'était de lui que, chaque année,
nos pensionnaires tenaient ce rapport impatiemment
attendu qui leur faisait connaître le jugement de l'Académie sur leurs ouvrages.

Sans doute, tout cela n'était pas nouveau parmi nous.
Mais M. Delaborde y ajoutait quelque chose de familial
qui était touchant. La manière dont il s'acquittait de sa
tâche rendait son action plus efficace, parce que l'on y
sentait, à travers la gravité officielle, le rayonnement de
sa conscience et de son cœur. Ses rapports, dans leur
simplicité, avaient une clarté douce qui ôtait au blâme,
parfois nécessaire, toute amertume et qui donnait à l'éloge
une expression sympathique qui en augmentait le prix.

Cette tradition toute morale, nous en avons déjà la certitude absolue, sera pieusement continuée. Mais c'est lui qui l'a établie et nous en avons ressenti le bienfait.

Que M. le comte Delaborde reçoive donc ici l'hommage de notre gratitude ! et, nous pouvons le dire, notre reconnaissance sera durable. Nous voudrions que quelque œuvre d'art vînt nous rappeler ses traits. Mais, quoi qu'il arrive, nous n'oublierons jamais cet ami de nos études ; jamais ne s'effacera de notre souvenir cette noble figure, ce beau caractère fait de justice, de bonté et d'amour pour le bien ; cet assemblage rare de qualités et de vertus qui faisait naître l'attachement en même temps qu'une vénération profonde.

Quelle perte pour l'Académie de France ! Avec vous tous, Messieurs, nous la déplorons. Pour moi, mêlé que j'étais depuis longues années aux pensées de M. Delaborde, j'unis ma plainte à la plainte lointaine qui s'élève de Rome : c'est celle d'un ami dont le cœur est déchiré.

DISCOURS

DE

M. PAUL DUBOIS

MEMBRE DE L'INSTITUT

DIRECTEUR DE L'ÉCOLE NATIONALE DES BEAUX-ARTS

MESSIEURS,

L'École des Beaux-Arts ne peut manquer à son devoir d'apporter un hommage de reconnaissance à M. le comte Henri Delaborde qui, pendant plus de trente années, lui donna de si grandes preuves de sollicitude comme membre du Conseil supérieur d'Enseignement.

Là, comme partout où il a été, à l'Académie des Beaux-Arts, au département des Estampes de la Bibliothèque nationale, sa situation fut exceptionnelle, faite d'admiration et de respect.

Si une modestie exagérée lui avait fait abandonner toute production artistique, les fortes études qu'il avait faites près d'un maître tel que Paul Delaroche, puis en Italie, les travaux qu'il avait exécutés ne lui donnaient pas moins, dans toutes les questions d'art et d'enseignement, une compétence et une autorité augmentées encore par une forte culture intellectuelle et un sens critique d'une justesse absolue. Aussi, dans la défense des belles traditions de l'art, il entraînait le Conseil, tandis que sa fermeté restait inébranlable en combattant les mesures qu'il jugeait nuisibles.

Quelle que fût, d'ailleurs, la question soumise au Conseil, on était certain de ne jamais trouver chez M. Delaborde que des idées nobles et élevées, tant il avait innée la passion du beau et du bien.

C'est à l'ami vénéré de l'École que le Directeur adresse ce suprême adieu.

La mémoire de l'ami personnel sera pieusement gardée et honorée par tous ceux qui ont connu la droiture et la loyauté de son cœur.

DISCOURS

DE

M. BONNAT

MEMBRE DE L'INSTITUT
PRÉSIDENT DU CONSEIL DES MUSÉES NATIONAUX

Messieurs,

Le Conseil des Musées nationaux, dont le comte Henri Delaborde fut le Président, dépose sur sa tombe l'hommage de ses respectueux et unanimes regrets. Ce n'est pas sans une émotion profonde que nous apportons à cet homme de bien, à cet homme de devoir et de cœur l'expression des sentiments qu'il a su inspirer à tous ceux qui l'ont connu.

Le jour où fut créé le Conseil des Musées nationaux, il en fut, et par acclamation, nommé Président.

Nul, en effet, n'était plus apte que lui à remplir cette fonction délicate. Son savoir était considérable. Son goût fin, très sûr, sa grande mémoire et son expérience le dési-

4

gnaient au choix du Conseil. Grâce à l'éducation artistique,
sévère et très complète qu'il avait reçue dans sa jeunesse,
grâce au milieu dans lequel il avait vécu, il était à même,
mieux que n'importe qui, d'apprécier les manifestations
de l'art sous ses formes les plus variées. Son éclectisme
éclairé se prêtait à toutes les admirations. Seul, le laid, ou
bien encore ce qu'il considérait comme barbare ou comme
trop élémentaire, ne trouvait grâce à ses yeux. Il ne suffisait
pas qu'un objet fût rare pour qu'il le jugeât digne d'entrer
dans nos grandes collections nationales. Il rêvait, pour la
noble maison aux destinées de laquelle il avait été appelé
à présider, une réunion de chefs-d'œuvre et ne voulait pour
elle que des œuvres vraiment maîtresses, traçant ainsi à
ses successeurs, avec sa grande autorité, la voie qu'ils
auront désormais à suivre.

Esclave du devoir, très attentif à le remplir, il assistait,
malgré son grand âge, à toutes les réunions du Conseil où
sa courtoisie impeccable et bienveillante maintenait nos
discussions à un niveau toujours élevé et de bonne compagnie.

Il était notre conscience, notre dignité, notre honneur.

Il aimait profondément le Louvre, nos musées, et il
s'est intéressé jusqu'au dernier jour à tout ce qui touchait
à leur destinée. C'est ainsi, me disait encore hier l'admi-
rable compagne de sa vie, qu'un de ses derniers soucis
avait été le choix tout récent de son successeur, choix que
dans sa trop indulgente bonté son amitié fidèle autant que
dévouée désirait et approuvait.

L'abord de M. Delaborde était réservé, presque froid.
Il en imposait par sa politesse d'un autre temps, par la

correction de sa tenue, par sa parole nette, un peu dédaigneuse en apparence ; mais le jour où des sentiments d'amitié avaient pénétré dans son cœur, le jour où l'objet de cette amitié lui avait paru digne de lui, il se livrait tout entier et pour toujours, et on ne tardait pas à découvrir ce qu'il y avait de générosité, de bonté, de jeunesse et de fraîcheur de sentiments, de délicatesse exquise chez ce si cher ami que nous ne regretterons jamais assez.

J'ai eu la consolation suprême de le voir, il y a quelques semaines à peine. La parole était péniblement embarrassée, mais son esprit intact avait conservé toute sa lucidité, toute sa vivacité. M. Delaborde est mort sur la brèche, il s'est éteint, exemple rare, dans sa quatre-vingt-neuvième année, sans avoir subi les atteintes de la vieillesse.

Il semble que quelque chose de soi, du meilleur de soi-même, je ne sais quoi d'éternel et qu'on ne peut toutefois remplacer, soit parti avec lui.

DISCOURS

DE

M. LÉOPOLD DELISLE

MEMBRE DE L'INSTITUT
ADMINISTRATEUR GÉNÉRAL DE LA BIBLIOTHÈQUE NATIONALE

MESSIEURS,

La Bibliothèque Nationale a contracté envers le comte Henri Delaborde une dette de reconnaissance qu'elle acquitte bien imparfaitement en unissant aujourd'hui ses regrets à ceux de toutes les institutions dont les représentants sont ici rassemblés pour rendre un dernier hommage à un confrère, à un collègue, à un maître, à un ami, dont la longue vie a été une suite ininterrompue de nobles actions, modestement accomplies dans l'intérêt des lettres et des arts, pour le plus grand honneur de notre pays.

L'amour du bien et du beau était inné chez le comte Delaborde. Sa jeunesse fut consacrée à la pratique de la peinture, à laquelle il s'adonna avec succès, en allant

puiser ses inspirations en Italie aux sources les plus pures
de l'art. L'étude des chefs-d'œuvre au milieu desquels il
vivait n'avait pas seulement pour but de surprendre les
secrets des anciens maîtres afin d'arriver à les imiter: le
jeune Delaborde voulait se rendre compte des conditions
dans lesquelles ils avaient travaillé et des règles auxquelles
ils avaient obéi. C'est ainsi qu'il s'initia à la critique et à
l'histoire des arts.

Il était donc parfaitement préparé à la tâche qui lui fut
assignée quand il entra au Cabinet des Estampes de la
Bibliothèque Nationale, le 14 avril 1855, en qualité de
conservateur-adjoint. Deux ans plus tard, la direction de
ce département lui fut confiée. Pendant les trente années
qu'il en a été chargé, il n'a rien épargné pour augmenter
les collections dont il avait la garde, pour les mettre en
valeur, pour en améliorer les classements, pour en rédiger
les catalogues. Toujours à son poste, il accueillait avec
une exquise bienveillance quiconque se présentait au
Département des Estampes, soit pour y trouver des
modèles, soit pour y admirer les œuvres des grands artistes,
soit pour y chercher la solution de problèmes d'esthétique
ou d'iconographie. A chaque instant des cas douteux lui
étaient soumis, et presque toujours il donnait des réponses
satisfaisantes, ou du moins il indiquait la marche à suivre
pour arriver le plus sûrement à un résultat plausible. Son
autorité n'était pas seulement reconnue chez nous ; on
savait à l'étranger, aussi bien qu'en France, quel était son
goût, son coup d'œil, son érudition et sa prudence. Il a
mis sans réserve ces rares et éminentes qualités au service
du Département des Estampes, qu'il connaissait à fond

dans les moindres détails, qu'il aimait avec passion et qu'il a dirigé avec une assiduité et un dévouement exemplaires. Dans combien de circonstances, parfois difficiles, nous a-t-il été donné d'apprécier l'égalité de son humeur, la sûreté de son jugement, l'élévation de son caractère, la rigueur de ses principes ! C'était un sage auquel on pouvait toujours et en toute confiance demander conseil.

Indulgent pour les autres, il poussait à l'extrême la sévérité pour lui-même. C'est ainsi qu'il n'écouta aucune remontrance quand il crut arrivé le moment de résigner ses fonctions. Nous aurions tous voulu le conserver au milieu de nous. Il était seul à penser qu'il n'était plus assez vaillant pour continuer l'œuvre à laquelle il avait si consciencieusement consacré trente années de sa vie. La lettre par laquelle il demanda, le 6 juillet 1885, son admission à la retraite porte l'empreinte d'une fermeté stoïque, alliée à la plus touchante sollicitude pour l'avenir de son cher Cabinet des Estampes.

« Ce n'est pas, disait-il, sans un profond chagrin que je me résous à vous adresser cette demande et à résigner des fonctions dans l'exercice desquelles je n'ai, pendant plus de trente ans, rencontré autour de moi que de l'affection et de la bienveillance... J'aurais souhaité qu'il me fût possible de prolonger encore mon service à la Bibliothèque ; mais l'âge et la fatigue me prescrivent de me retirer dès à présent, c'est-à-dire avant d'avoir dépassé le moment où il convenait de quitter la place. »

Et il ajoutait : « J'hésite d'autant moins à prendre ce parti que je suis aujourd'hui plus sûr de ne pas compromettre par là les intérêts du Département dont la direction m'avait été confiée. Je compte absolument, pour le choix de mon successeur, sur la justice de M. le Ministre et sur l'appréciation par lui de titres qui sont connus de longue date et qui sont estimés à leur prix. »

Ce vœu fut exaucé. Le comte Delaborde eut la satisfaction de se voir remplacé par Georges Duplessis, collaborateur formé à son école depuis une trentaine d'années et méritant à tous égards l'affection vraiment paternelle dont il lui avait prodigué les témoignages. La mort prématurée de cet ami dévoué, qu'il avait eu le bonheur d'introduire à l'Académie des Beaux-Arts en 1891, fut un coup terrible qui vint le frapper, alors qu'il était lui-même atteint d'une cruelle maladie, supportée avec courage et avec une résignation chrétienne, pendant les cinq derniers mois.

Ainsi s'est terminée une vie, juste objet d'admiration pour une famille digne d'un tel chef et pour tous ceux qui en ont été témoins.

Nul ne poussa plus loin que le comte Delaborde la délicatesse des sentiments, nul ne fut plus esclave du devoir, nul plus empressé à obliger. Il ne se montra jamais au-dessous des tâches qu'il se laissait imposer et dont il s'acquittait toujours avec une absolue ponctualité et de la meilleure grâce du monde. Les travaux qu'il a accomplis, les exemples qu'il a donnés, les services qu'il a rendus aux lettres et aux arts ne seront jamais oubliés. Le souvenir en restera ineffaçable dans la mémoire de ceux qui ont eu le bonheur de le connaître et de ceux qui recueilleront la tradition. Ce souvenir sera pieusement conservé à la Bibliothèque nationale, à l'Institut, à l'École des Beaux-Arts, et dans tous les conseils que le comte

Delaborde faisait profiter, avec une noble simplicité, de son bon sens, de son savoir, de son esprit d'équité, de sa longue expérience et d'une autorité incontestée.

Puisse un tel souvenir adoucir les regrets d'une famille au deuil de laquelle s'associent cordialement les nombreux amis du comte Delaborde, tous ses confrères, tous ses collaborateurs, tous ceux dont il a été le guide, le conseil et le protecteur!

DISCOURS

DE

M. BRUNETIÈRE

DIRECTEUR DE L'ACADÉMIE FRANÇAISE

Messieurs,

Après tant de voix éloquentes, — et plus autorisées sans doute que la mienne, — j'hésiterais à prendre la parole, ne fût-ce que pour quelques instants, si je n'avais à remplir envers la mémoire du **comte Delaborde** un devoir de reconnaissance. Il était l'un des plus anciens collaborateurs de la *Revue des Deux Mondes ;* il en a été, pendant un demi-siècle, l'un des plus fidèles ; il en était l'un des plus appréciés. **Tout** ce que ses fonctions de secrétaire perpétuel de l'Académie des Beaux-Arts lui laissaient de laborieux loisirs, on pourrait dire qu'il nous les a consacrés. **C'est** pour nous qu'il a écrit ses beaux travaux sur l'*Histoire de la Gravure*, sur *la Renaissance italienne*, sur *Ingres*, sur *Hippolyte Flandrin*, sur le *Cabinet des Estampes ;* et, quand il a voulu résumer dans un livre, qui est comme le testament de sa carrière de critique et d'historien d'art, les dernières leçons de son expérience, c'est pour nous encore qu'il a écrit son *Histoire de l'Académie des Beaux-Arts*. Ne serions-nous pas bien ingrats si nous paraissions l'avoir oublié? et comment, — même si je n'en avais pas des raisons personnelles, dans la sincérité d'une très ancienne affection, — n'essayerais-je pas de dire à mon tour, bien insuffisamment, ce que nous regrettons du comte Delaborde!

C'est sans doute, Messieurs, l'exactitude et la solidité de sa critique, mais c'en est surtout l'élévation et la noblesse. « Les descendants de Poussin et de Lesueur, — écrivait-il voilà bien longtemps, — les héritiers de tant de maîtres aux mains de *qui le pinceau a été un instrument d'expression morale*, commettraient plus qu'une faute, *ils se rendraient coupables d'impiété envers l'art français et les traditions qui en sont la gloire*, s'ils consentaient *à circonscrire leur foi* dans les limites de l'habileté technique et de la simple imitation matérielle. » Le critique d'art, l'historien, l'homme même est tout entier dans cette phrase, qui n'est pas seulement d'un écrivain, mais d'un croyant; et, en effet, vous le savez, vous tous qui l'avez bien connu, le comte Delaborde avait plus qu'une doctrine, et vraiment une foi! Il n'admettait pas que l'art ne fût qu'un divertissement d'amateurs, ou une harmonieuse et vaine combinaison de couleurs et de lignes, mais encore bien moins ce qu'on l'a vu devenir quelquefois de nos jours : un assouvissement de la sensualité des yeux. Pour lui, comme pour les maîtres immortels dont il se réclamait, pour le peintre des *Sept*

Sacrements et celui des *Chartreux*, comme pour les illustres amis dont son nom est inséparable, pour les Ingres et les Flandrin, peindre ou dessiner, dessiner surtout, n'était qu'une manière de penser. Il croyait à la mission de l'artiste! il croyait à la fonction morale, aux obligations, aux devoirs de l'art! ou, si peut-être ces mots vous semblaient un peu emphatiques, il avait, Messieurs, le sentiment vif et profond du bien et du mal que l'art est capable de faire.

Cette croyance a dominé quarante ans sa critique. Elle a donné à ses travaux ce caractère de dignité soutenue, d'élévation, de noblesse qui, comme il en a fait l'originalité, en fera sans doute la durée. Et d'autres ont eu d'autres croyances, ou, tout en la respectant, n'ont pas partagé sa foi, l'ont même attaquée; mais, parce que ni les entraînements de la mode, ni les séductions d'un art moins sévère et plus voluptueux, ni les paradoxes d'une critique plus aventureuse n'ont pu réussir à ébranler la fermeté de ses convictions, c'est lui, Messieurs, qui se trouve avoir choisi la bonne part. Que reste-t-il, en effet, aujourd'hui, du réalisme ou de la doctrine de l'art pour l'art? Exactement, uniquement ce que les traditions de l'art français classique ont consenti à s'en incorporer. Et partout autour de nous, quand nous entendons parler de la fonction « sociologique » de l'art, que veut-on dire, sinon ce que disait le comte Delaborde, quand il faisait jadis, de l'« expression morale », non seulement l'objet, mais le principe de l'art?

Aussi bien, Messieurs, si son esthétique était ainsi toute pénétrée de morale, c'est que la même croyance qui dominait sa critique dominait ou gouvernait également sa vie. Il croyait au devoir; et sa longue existence n'a été qu'un patient et continuel effort vers une perfection dont il ne faisait pas moins d'estime dans la conduite que dans l'art. Une attention constante à ne laisser s'insinuer en lui rien de mesquin, de vulgaire, ou de bas; des principes sans pédantisme et de la fermeté sans raideur; de la sévérité pour lui, mais de l'indulgence pour les autres; une sûreté de commerce que, pendant plus de soixante ans, personne, j'ose le dire, n'a jamais trouvée en défaut; une habituelle gravité que la plus exquise courtoisie tempérait comme d'un sourire, — tel fut le comte Delaborde; et tel il revivra dans le souvenir de ceux qui l'ont connu, respecté, aimé. Les hommes de ce caractère sont rares! Je ne sais pourquoi je crains vaguement qu'ils ne le deviennent tous les jours davantage. Et si cet éloge ne saurait consoler de sa perte ceux qui le pleurent aujourd'hui, je souhaiterais cependant, Messieurs, qu'il pût mêler à leur tristesse quelque juste fierté du simple et haut exemple que nous laisse en mourant le comte Henri Delaborde.

Paris. — Typographie de Firmin-Didot et Cⁱᵉ, impr. de l'Institut, rue Jacob, 56. — 37927.